With simple words and bold illustrations, author-artist Taro Gomi playfully takes us through the four seasons. With a turn of the page, a calf's back becomes a sprouting garden. Another turn of the page transforms a snowy landscape back into the calf. By toying with color and perspective, the artist coaxes children to look carefully at each illustration and to look with renewed imagination at the everyday world around them.

Con palabras sencillas e ilustraciones acentuadas, autor e ilustrador Taro Gomi recorre de manera divertida las cuatro estaciones. Al dar la vuelta a la página, la espalda de un becerro se transforma en un jardín exuberante. Otra vuelta de la página y un paisaje nevado se vuelve otra vez en el becerro. Con el juego de color y perspectiva, el autor invita a los niños a observar cada dibujo cuidadosamente, y a ver con ojos nuevos el mundo cotidiano a su alrededor.

". . . pure colors, bold shapes, and whimsical touches are more than enough to engage young minds." —*Booklist*

"Thoughtfully designed, the book is a consistent entity, an artfully simple, artistically logical execution of a basic concept." —*Horn Book*

". . . an ideal choice for toddler story time as well as one-on-one usage with the lapsitting crowd." —*School Library Journal*

Winner of the Bologna Graphic Prize

". . . los colores puros, las formas acentuadas, y los detalles caprichosos son más que suficientes para cautivar y encantar a las mentes infantiles." —*Booklist*

"Bien pensado en cuanto al diseño, este libro da una totalidad coherente, siendo la realización ingeniosamente sencilla y artísticamente lógica de un concepto básico." —*Horn Book*

". . . la opción ideal, tanto para la lectura en voz alta con un grupo de niños cómo para leer con un sólo pequeñito en los brazos." —*School Library Journal*

Ganador del Premio Gráfico Bolonia

First bilingual English/Spanish edition published in 2006 by Chronicle Books LLC.

Book design by Karyn Nelson.
Typeset in Futura.
Manufactured in Hong Kong.

Library of Congress Cataloging-in-Publication Data.
Gomi, Taro.
[Koushi no haru. English & Spanish]
Spring is here = Llegó la primavera / Taro Gomi.—1st bilingual English/Spanish ed.
p. cm.
Summary: Follows the four seasons around the year, from snow melting into spring,
through the quiet harvest and the fall of snow, and then to spring again.
ISBN-13: 978-0-8118-4759-9 (lib. ed.)
ISBN-10: 0-8118-4759-4 (lib. ed.)
ISBN-13: 978-0-8118-4760-5 (pbk.)
ISBN-10: 0-8118-4760-8 (pbk.)
[1. Seasons—Fiction. 2. Spanish language materials—Bilingual.]
I. Title. II. Title: Llegó la primavera.
PZ73.G586 2006
[E]—dc22
2005016067

Distributed in Canada by Raincoast Books
9050 Shaughnessy Street, Vancouver, British Columbia V6P 6E5

10 9 8 7 6 5 4 3 2 1

Chronicle Books LLC
85 Second Street, San Francisco, California 94105

www.chroniclekids.com

Spring Is Here
Llegó la Primavera

Taro Gomi

chronicle books · san francisco

Spring is here.

Llegó la primavera.

The snow melts.

Se derrite la nieve.

The earth is fresh.

Está fresca la tierra.

The grass sprouts.

Brota la hierba.

The flowers bloom.

Se abren las flores.

The grass grows.

Crece la hierba.

The winds blow.

Sopla el viento.

The storms rage.

Las tormentas
se ponen bravas.

The quiet harvest arrives.

Llega la cosecha
silenciosa.

The snow falls.

Cae la nieve.

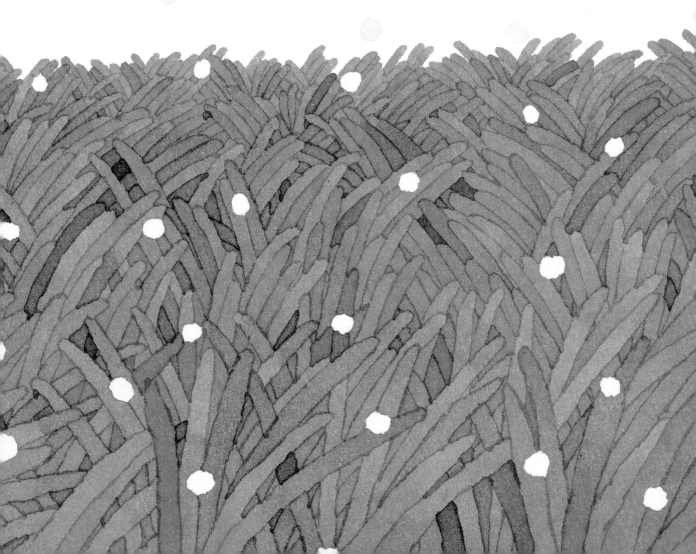

The children play.

Los niños juegan.

The world is hushed.

El mundo está callado.

The world is white.

El mundo es blanco.

The snow melts.

Se derrite la nieve.

The calf has grown.

El becerro ha crecido.

Spring is here.

Llegó la primavera.

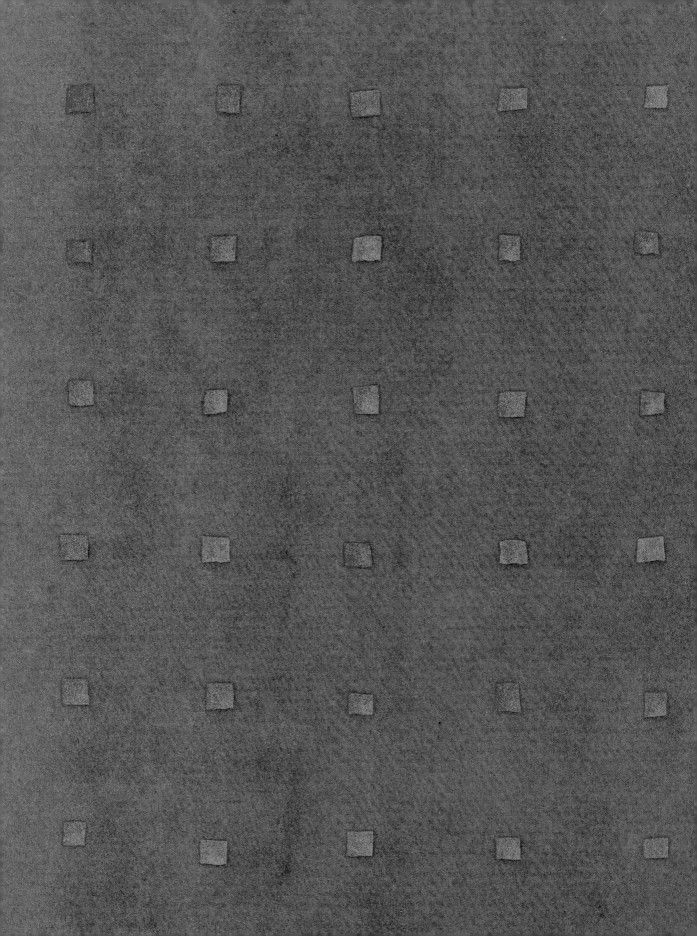

TARO GOMI was born in 1945 in Tokyo and graduated from the Kuwasawa Design School, ID department. Originally an industrial designer, he turned his hand to children's picture books. Since then, his unique style and prolific activity have won him a wide reputation among both adults and children. His work extends to essays, fashion and stationery designs, educational animated cartoons, and production of CD-ROMs.

TARO GOMI nació en 1945 en Tokyo, asistió a la escuela de diseño Kuwasawa (Duwazawa Design School), y se licenció en Diseño Industrial. Empezó como diseñador industrial y luego se puso a crear libros infantiles ilustrados. Tanto los adultos como los niños aprecian su estilo singular y producción fecundo, los cuales le han ganado mucho renombre. Sus obras incluyen ensayos, diseño de moda, artículos de papelería, dibujos animados educativos, y la producción de CDRoms.